T a k e u c h i   Y u m i k o   S e n r y u   c o l l e c t i o

川柳作家ベストコレクション

竹内ゆみこ

あほやなあ砂になるほど落ち込んで

The Senryu Magazine
200th Anniversary Special Edition
A best of selection
from 200 Senryu writers' works

新葉館出版

川柳とは、心の奥深くに眠っている
感情や言葉を呼び起こしてくれるもの

川柳作家ベストコレクション

竹内ゆみこ

■ 目次

川柳作家ベストコレクション

竹内ゆみこ

第一章　内線一番

目次に書いていないところは夢ですね

入口は満月の夜に開きます

どの取り柄からお話ししたらいいですか

神様と母さんとかよちゃんのK

今日だけは山田花子になりすます

大岡越前の裁きなら受ける
かたいこと言わずにバカボンのほっぺ

三月の布はなんだかやわらかい

悪いけどフリルは取ってくれますか

しんみりと過ごす模様を消しながら

帽子が落ちて本心が隠せない

勢いで押してしまった夏だった

考えさせてほしいと沖になっている

あほやなあ砂になるほど落ち込んで

一言一句違えず夏を記憶する

これがその傷やと祖父の終戦日

その日ならずっとにじんでおりました

黙祷を捧げるモノクロになって

天国へつながる内線一番

ぼんやりとしている父を見てしまう

いつだって母は真ん中辺で咲く

車座を抜けて一人の歌になる

切れそうで切れないものですね縁

桃太郎が出るまで桃を割っていく

馬車になりそうなカボチャを買ってくる

一二時を過ぎて普通の紙になる

いま紙にくるんだものを見せなさい

松茸はきっと東大卒だろう
女子校育ち多めにピンク持ってます

分校になるからそっとしておいて

小笠原流で整えられた爪

大根がごろり無罪を主張する
夢中になってゴマを数えていたもので

魔女じゃあるまいしそんなの煮ないでよ

きっといい人よ端っこもやわらかい

ノンオイルでしたね仙人でしたね
卑弥呼の言葉に訳などいるだろうか

やんごとなき人と御簾越しに話す

とりあえず並ぶ王室御用達

洗面器つかんで家を飛び出して
昨日から玄関先でお待ちです

キッチンのないタイプの部屋もございます

辛くなったらおいでわたしは非常口

やむを得ず窓から入ることにする
窓は全開遊んでくれる人を待つ

「はい」という合図　あかりをつけている

スイッチは首のうしろにあるはずよ

壁があるだけまだ良かったじゃないですか

また独りぼっち　解体された板

隙間の件で寄せてもろてもいいですか

あっちの方で挟まってはりました

庭に埋めたってどうして分かったの

石の形を追求してはいけません

バケツの穴を閉じてしまったのは誰だ

謝っているのに蛇口ひらかない

紐一本であんなことこんなこと

なんで縄なんかを持ってきたのです

棒になるならひとこと言ってほしかった

一人にはなりたくなくて束ねてもらう

何考えているの獣の目になって

念のため両方の目で確かめる

唇をふっくらさせて逢いに行く

そういえば歯形がついていたものね

嘘かほんとか手をつないだらわかります
三秒に一度はそっと握られる

運命線みながらこんなもんかなあ

爪立てるほどのことでもないでしょう

第一関節の嘘を信じ込む
どっちつかずの軟骨が悪いんよ

痒いところを一覧表にして渡す

これくらいお酢をつけたら治ります

さびしいものが足にまとわりついてくる
あとにしてください只今逃亡中

横になったな幽体離脱する気だな

体から空気を抜いておやすみなさい

原風景を見てから顔つきが変わる

終わらせはしない卵を産み落とす

鳥は自由に罫線のないノート

第二章　ふくろうの首

バリトンで届いた神様のお告げ

平和だな鬼のパンツが干してある

くしゃみした拍子につのが飛び出した

桜ひらひらやがてわたしも流線に
薄桃色だった頃まで巻き戻す

花びらを数えて一日を終える

少しだけかぶいて散っていきました

六月の肩えんりょなく泣いている
曇天のままで半開きのままで

梅雨になる首はかしいだままである

茅の輪をくぐるお風呂上がりの顔になる

暦では夏　まだ吹っきれていないけど
お祭りもできるしデモだってできる

さすがやなあとアイスキャンデー食べている

失礼なまだ化けてなどおりません

立て込んでおります滝になってます

氾濫はしない約束だったのに

押さえておいて悲しみが溢れぬように
湿らせてくれると元に戻ります

寂しいのです秋の匂いを嗅ぎ分ける

気を抜いてたら満月になれないよ

誤解してました吹雪いておりました

雪だるま溶けてあらわになるルーツ

一筆目くらいはにこやかに書こう
ルルルルルそこは伏せ字になってます

象形文字の鳥は故郷を知っている

雨模様だとは告げないままかしこ

メイク変えましたね歌舞伎風ですね

ちり紙がなんでそんなにいるのです

九時五時の間は武士になっている

青葱ぱらり今日もご苦労様でした

アリバイを自信ありげに語り出す

ウィンクですかそれとも合図なのですか

恥ずかしがらずにパフェから出ておいで

モザイクをかけてもあなただと分かる

つまらない人　裏も表もキラキラで

坂道を見るとコロコロしてしまう

七の段あたりからごつごつしだす

ゴリゴリとゴシック体でせめてみる

あの頃はみんな笑っていましたね

今は沸点ですのでお会いできません

泣いているのだろうか絵の具が滲む

切り取っておきました悲しい部分

点線だから後戻りできるから

どうしてこんなところに線を引いたんや

斜めになっていたいと思うときもある

ずるなんてしていないでしょ展開図

丸まっていればやり過ごせるだろう
ほぼ丸いので満月ということに

ここにいたらしい輪郭だけ残る

形あるうちにこの世にいるうちに

欲のない人だった透明だった
大切な言葉は白い紙に書く

だけどもう赤い実は食べたのでしょう

特賞としていただいた紫の雲

木になれるまでじっとしているつもり
枝にぶらさがり仲間にしてもらう

成虫になれば教えてあげますよ

大当たりです薬草一年分

相づちのうまいオウムを飼っている
ふくろうの首ここやろかそこやろか

強くなりなさい一人で舞いなさい

どこを押してもハトはもう出てこない

悲しい夜かなしい羊うみました

黒ヤギさんにうっかり食べられたクイズ

鰻の寝床から異次元へ迷い込む

跳ね方はお任せします四コマ目

ゼンマイのくじらでさえも潮を吹く
方舟に乗せてもらえませんでした

会いたいときはいつでも浮いてくればいい

エピローグだろうか鯨はまばらに

昼寝している間に青春が終わる
あなたでもなかった　しりとりは続く

洗面器一杯分で手を打とう

背もたれを起こし現実へと戻る

砂はサラサラもう気にしてはおりません

次の日もその次の日もあいてます

それらしいものがようやく生えてくる

あとがき

人生の中で、「幸せだなあ」と思うことがよくあります。句集を出版することもその一つです。

二〇一四年一二月、第一句集『レム睡眠』を発刊しました。

元々のんびりとした性格で、句集についても、「いつの日か出せるといいなあ」とゆったり構えていただけに、出版の機会をいただけたことは、驚きでもあり喜びでもありました。

奥山晴生師から貴重なアドバイスをいただいたこと、未熟ながらも懸命に取り組んだことなど、今でも忘れられないことばかりです。

無事に完成したときはうれしく思いましたが、同時に、緊張から解き放たれたような感覚にもなりました。

先のことについては、「ここからまたじっくりと自分のペースで歩いていこう。句集については、何十年先になるかは分からないけれど、機会があればまとめてみよう」などと考えていたことを思い出します。


それから三年が過ぎた二〇一七年、「川柳作家ベストコレクション」へのお誘いをいただきました。思いがけず再びチャンスをいただいたのです。

最初は、先の句集を出してからさほど時間が経っていなかったこともあり、お話を受けるか迷いました。ですが、声をかけていただいたことをありがたく思い、参加を決めました。

その後、すぐに二〇一四年以降に作った句を集め、選ぶ作業にとりかかったのですが、ここで困ったことが起こりました。選んだ句が、当初収録予定として伺っていた数に届かないのです。もちろん過去の作品から選ぶことも考えました。しかし、できることなら「今」の自分を留めておきたいという気持ちがありました。幸い、句数についてご相談申し上げたところご配慮いただき、当初の予定より少ない数でも可能ということになりましたので、最終的には、希望していた通り二〇一四年以降、つまり、第一句集の出版以後に、句会や大会で入選した句等を掲載することにしました。

句会に参加したり柳誌で句を拝見したりすることはもちろんですが、何気ない日々の暮らしや経験も川柳につながっているような気がしています。これからも、一つ一つの積み重ねを大切にしながら前に進んでいきたいと思います。

句集発刊に際しては、新葉館出版の皆様に大変お世話になりました。特に、原稿の完成を辛抱強く待ち続けてくださった松岡恭子さんには、深く御礼を申し上げます。また、諸先輩、柳友の皆様、家族に感謝の気持ちを伝えたいと思います。

この句集のおかげで、「幸せだなあ」と思えることがまた一つ増えました。ありがとうございました。

二〇一八年 春

竹内ゆみこ

●著者略歴

竹内ゆみこ（たけうち・ゆみこ）

1973年　京都府生まれ
2001年　川柳ひまわり会入会。奥山晴生に師事
現在　川柳グループ草原会員
関西古川柳研究会会員
京都新聞「川風」選者

著書　『レム睡眠』

川柳作家ベストコレクション
竹内ゆみこ
あほやなあ砂になるほど落ち込んで
○
2018年 5 月22日 初 版
著 者
竹 内 ゆ み こ
発行人
松 岡 恭 子
発行所
新 葉 館 出 版
大阪市東成区玉津1丁目9-16 4F 〒537-0023
TEL06-4259-3777㈹ FAX06-4259-3888
https://shinyokan.jp/
○
定価はカバーに表示してあります。
©Takeuchi Yumiko Printed in Japan 2018
無断転載・複製を禁じます。
ISBN978-4-86044-913-1